Analyse de l'œuvre

Par Véronique Letournou

Cinq leçons sur la psychanalyse

Sigmund Freud

lePetitLittéraire.fr

Analyse de l'œuvre

Par Véronique Letournou

Cinq leçons sur la psychanalyse

Sigmund Freud

lePetitLittéraire.fr

Rendez-vous sur lepetitlitteraire.fr et découvrez :

Plus de 1200 analyses
Claires et synthétiques
Téléchargeables en 30 secondes
À imprimer chez soi

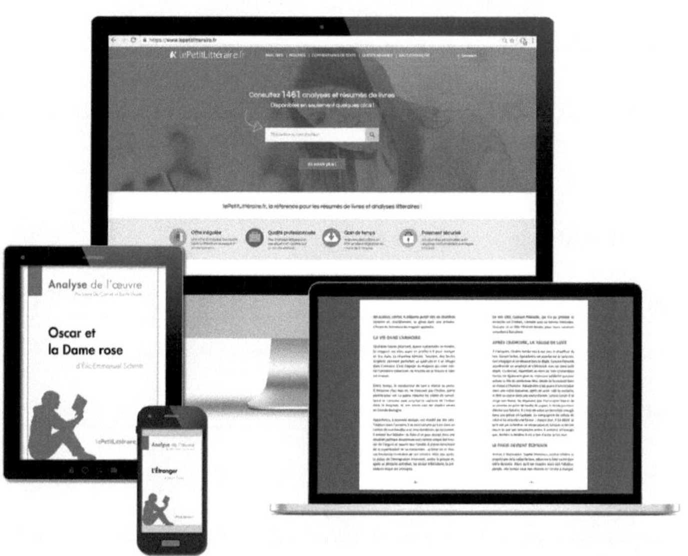

CINQ LEÇONS SUR LA PSYCHANALYSE

L'ACTE DE NAISSANCE DE LA PSYCHANALYSE

- **Genre :** essai
- **Édition de référence** : *Cinq leçons sur la psychanalyse*, Neuilly-sur-Seine, Payot, 1966.
- **1re édition :** 1924
- **Thématiques :** la psychanalyse, l'inconscient, le refoulement, l'hystérie, la sexualité, le rêve.

Les *Cinq leçons sur la psychanalyse* dont il est question dans le titre sont des conférences tenues en 1909 par Sigmund Freud aux États-Unis, dans le but de présenter à un public non spécialiste ses découvertes sur la psychanalyse. Marchant dans les pas du Dr Joseph Breuer, Freud développe au cours de ces leçons des caractéristiques toujours plus précises sur la psychanalyse, l'existence et le rôle joué par l'inconscient, et le déroulement de la cure psychanalytique.

Ce regroupement de textes forme autant de récits d'expériences fondatrices de la psychanalyse et des premières cures, entre tâtonnements et observations. Avançant pas à pas aux côtés de Freud, le lecteur assiste au développement de la pensée du scientifique et à ses remarques qu'il illustre d'exemples devenus célèbres. Ces recherches élaborées – presque – au tournant du XXe siècle se font l'écho d'autres découvertes ébranlant le monde tel qu'il était connu et défini.

SIGMUND FREUD

MÉDECIN AUTRICHIEN

- **Né en 1856 à Pribor (Autriche) et mort en 1939 à Londres (Angleterre)**
- **Quelques-unes de ses œuvres :**
  - *Études sur l'hystérie* (1895), PUF, 1956
  - *L'interprétation des rêves* (1900), Bréal, 2020
  - *Trois essais sur la théorie de la sexualité* (1905), Points essais, 2012
  - *Totem et tabou* (1912), Payot, 1971
  - *Malaise dans la civilisation* (1930), Payot, 2010

Sigmund Freud est né dans une famille nombreuse, modeste et juive. Il va vivre principalement à Vienne où il fait ses études de médecine. Il s'est spécialisé dans les maladies nerveuses et se rend compte que la médecine telle qu'il l'a apprise et telle qu'elle est enseignée en faculté n'est pas d'une grande utilité pour ce type de pathologies. Il se rend à Paris où il assiste avec un immense intérêt aux cours de Charcot qui seront un premier jalon dans le cheminement qui le conduira à inventer la psychanalyse.

La personnalité de Freud est complexe. Fervent adepte de la vérité, il pratique constamment la lucidité, quitte à blesser ses proches. Appliquant l'usage dix-neuviémiste qui veut que les médecins testent sur eux-mêmes leurs propres remèdes, il fera une autoanalyse de 1895 à 1901, notant ses rêves, ses actes manqués et ses lapsus.

En pleine période de fécondité théorique (dans les années 1890), Freud traverse des moments de découragement, de doutes et d'angoisses diverses, outre une certaine misère matérielle : en 1897, Freud n'a que trois patients, dont deux qu'il ne fait pas payer ! Il mène une existence de bourgeois, soigneux de son apparence, mais n'exerce pas son métier de façon classique et ses revenus sont plutôt aléatoires, ce qui ne l'empêche pas de pourvoir aux besoins de sa famille : sa femme et leurs six enfants, ses quatre sœurs et sa belle-sœur. Bien qu'athée, il ne reniera jamais sa qualité de juif. Volontiers autoritaire avec les siens et ses proches (d'où le nombre de brouilles et de séparations ponctuant son existence), il fait montre d'une ouverture d'esprit souvent très supérieure à ses disciples.

Sur le plan de la théorie de la connaissance scientifique, Freud est un matérialiste positiviste et déterministe. Il considère que la psychanalyse est une science naturelle et que « tout » n'a pas forcément d'origine psychique.

En 1923, il subit une première attaque du cancer de la mâchoire qui aura raison de lui 16 ans et 33 opérations plus tard. Il supportera sa maladie avec beaucoup de stoïcisme, refusant toute drogue pour le soulager, préférant, selon ses termes, pouvoir penser dans la douleur que ne plus pouvoir penser clairement. Exfiltré à Londres pour le soustraire à la montée en puissance du régime nazi qui a brulé ses livres, Freud s'éteint en septembre 1939. Il ne saura pas que ses quatre sœurs mourront dans les camps d'extermination.

RÉSUMÉ

Chaque leçon est dotée d'un titre sous forme de mots-clés et de concepts développés dans le cours de la conférence. Ils sont écrits en gras.

1re leçon : L'origine de la psychanalyse.

En préambule, Freud précise que ce livre n'a pas vocation à s'adresser à des spécialistes et pose d'emblée un enjeu – pour lui – de taille : faire part de ses découvertes et de ses progrès, mais aussi de ses difficultés, au plus large public possible. Moqué et méprisé par un certain nombre de ses collègues (fait qu'il évoque à diverses reprises), on sent une volonté réelle de convaincre et d'expliquer, de mettre à portée de tous ce qui lui parait fondamental pour la santé physique et mentale des hommes. Il précise également, dans ce qui semble un souci d'honnêteté, qu'il n'a pas inventé la psychanalyse, la paternité en revient à Josef Breuer.

1880-1882 : le docteur Josef Breuer, médecin viennois, applique à une jeune fille hystérique (que Freud ne nomme jamais, mais qui passera à la postérité sous le pseudonyme d'Anna O.) un traitement qui pose les bases, encore balbutiantes, empiriques et surtout non théorisées de la psychanalyse, alors que Sigmund Freud est encore étudiant. S'ensuit une description clinique des symptômes de cette jeune fille intelligente de 22 ans atteinte de troubles autant physiques (contractures, paralysies, perturbation visuelle, toux, etc.) que mentaux (confusion, altération, délire, etc.). Ces symptômes apparemment graves peuvent relever, quand le diagnostic est établi, de « cet état bizarre et énigmatique » nommé hystérie (p. 10). Les troubles sont apparus quand la jeune fille soignait un père tendrement aimé qui devait mourir de cette maladie. À l'époque, quand il s'agissait clairement d'hystérie et pas d'une affection cérébrale organique, les médecins laissaient faire la nature et se désintéressaient un peu du malade qu'ils étaient impuissants à soulager, à soigner, et qui les confrontait aux limites de leur savoir et de la science telle qu'elle était avant les avancées sur l'inconscient. Pour soigner la jeune fille, Breuer va tenter diverses méthodes. La parole et l'hypnose, surtout, vont principalement lui permettre de mettre à jour les « résidus d'expériences émotives » transformés en symptômes, que Freud va nommer « traumatismes psychiques » (p. 14). C'est, d'après Breuer et Freud, un succès, la jeune fille est déclarée guérie.

Quelques années plus tard, c'est au tour de Freud de s'y essayer avec une patiente. Il résume le problème par cette phrase « les hystériques souffrent de réminiscences » (p. 16), lesquelles représentent des monuments commémoratifs qui ne se détachent pas du passé. Pour guérir ces traumatismes psychiques, il faut remonter aux évènements déclencheurs. Cependant, l'expérience prouve qu'il est nécessaire d'être dans un certain état d'esprit ; si l'on trouve et nomme le bon évènement, mais sans affect pour le patient, la révélation n'aura aucun effet. Cet écart de réaction permet de mettre en lumière les deux concepts fondateurs que sont le conscient et l'inconscient et la – relative – étanchéité entre les deux.

2e leçon : Hystérie et inconscient.

À peu près en même temps que les avancées de Breuer et sa cure de parole, Charcot en France poursuivait ses recherches sur l'hystérie et les paralysies hystériques, lesquelles étaient provoquées sous hypnose et s'avéraient semblables aux paralysies traumatiques. Freud s'est plus intéressé aux recherches de Pierre Janet, disciple de Charcot, qui a tenté d'analyser les processus psychiques de l'hystérie, rejoignant plus ou moins Freud et Breuer qui firent du dédoublement mental et de la dissociation de la personnalité le pivot de leur théorie sur l'inconscient.

Freud répugne à utiliser l'hypnose, « un procédé incertain qui a quelque chose de mystique » (p. 25), et essaie d'obtenir des malades les informations hors hypnose. Tous commencent par assurer ne pas se souvenir, mais en parlant, les faits finissent par émerger : preuve que les souvenirs oubliés ne sont jamais perdus. Mais cette méthode est longue et fatigante. Ces expériences permettent à Freud de poser les concepts de résistance (l'esprit résiste pour remonter à la source des troubles) et de refoulement (lesdits troubles sont douloureux, c'est pourquoi l'esprit les a renvoyés le plus loin possible de sa mémoire). Le refoulement est d'ailleurs prouvé par l'existence de la résistance, et le conflit de ces deux forces psychiques se traduit par les symptômes dont souffrent les malades.

Freud illustre ces concepts par l'exemple d'une salle de conférence (le conscient), dans laquelle une personne (le traumatisme psychique) fait du tapage. Le conférencier essaie de passer outre et finit par le mettre dehors (le refoule, donc). Des auditeurs bien intentionnés (la résistance) se placent devant la porte pour empêcher le gêneur de revenir, tentant de le maintenir dans le vestibule (l'inconscient). Le rôle du psychanalyste est d'aider le malade à trouver une meilleure solution que celle du refoulement. Il peut aider le patient à assumer le désir à l'origine des troubles ou diriger ce désir vers un objet plus élevé et moralement irréprochable : c'est la sublimation du désir.

3e leçon : Le déterminisme psychique.

La question qui court dans cette troisième leçon est comment visiter l'inconscient de quelqu'un ? Il est très ardu de faire revenir les souvenirs refoulés de façon correcte, ils sont souvent flous ou éloignés du véritable objet des troubles. Freud soutient que plus le souvenir évoqué par le malade parait lointain et peu en rapport avec ce qui le fait souffrir, plus la résistance à l'œuvre est puissante. Cette puissance est, en soi, un nouveau symptôme. Il existe pourtant bien un lien, une certaine ressemblance, comme si c'était une traduction dans une autre langue. Ce processus est une base du déterminisme psychique.

C'est pourquoi il est indispensable de laisser parler le malade qui va ainsi faire des associations libres. Il est essentiel qu'il ne fasse pas intervenir son jugement critique pour ne pas se censurer. L'analyste saura repérer les éléments importants.

Pour plonger dans l'inconscient d'un malade, la parole permet de faire jaillir des idées spontanées, l'interprétation de ses rêves et celle de ses erreurs et lapsus permettent d'éclairer et de rejoindre les troubles originels.

Le rêve, souvent méprisé parce qu'impudique et/ou immoral est, pour Freud, la voie royale vers l'inconscient. Le « contenu manifeste » du rêve peut donc être considéré comme la réalisation déguisée de désirs refoulés (mais pas pour les enfants qui n'ont rien besoin de déguiser et dont les rêves sont assez limpides).

Quant aux actes manqués, symptomatiques et de hasard qui arrivent à tout un chacun, ils prouvent l'existence du refoulement et des substituts chez tous.

4e leçon : D'où viennent nos complexes ?

En se fondant sur son expérience et celle de collègues, Freud a pu observer que la sexualité est au fondement de la plupart des troubles. Il est difficile pour les malades d'en parler et ce n'est, malheureusement, pas beaucoup plus simple pour les médecins. Quant aux autres cas, des traumatismes banals, on se rend compte qu'ils remontent en réalité à l'enfance et sont associés à des évènements ou des désirs sexuels de l'enfance.

En effet, la sexualité infantile existe ; elle est même une évidence bien que la plupart des gens, dont des médecins, se refusent à l'admettre « sous la pression de l'éducation » (p. 49). L'enfant, par instinct, pratique un autoérotisme grâce à des zones érogènes qui lui sont propres. S'il se débrouille très bien seul, sa libido peut également réclamer l'intervention d'un tiers, établissant toujours par instinct les oppositions de comportement passif-actif que l'on retrouve surtout dans les combinaisons sadisme-masochisme et regarder-exhiber. Les enfants ne font pas de distinction particulière entre les sexes.

Puis l'enfant va prendre ses parents pour objets de désir, réagissant comme un miroir au désir de ses parents. De façon schématique, le père préfère la fille et la mère, le fils. La fille veut donc prendre la place de la mère et le fils, celle du père, comme Œdipe tue son père et épouse sa mère.

C'est en grandissant (vers la puberté) qu'un éventuel partenaire prend une place importante dans la sexualité.

La sexualité infantile peut n'être pas surmontée à l'âge adulte, comme si le développement des fonctions sexuelles s'était arrêté, mais il ne s'agit pas obligatoirement de névrose. « Les névroses sont aux perversions ce que le négatif est au positif » (p. 54).

5e leçon : Que faire des névroses ?

Il arrive que des malades fuient le réel et retournent parfois dans le passé de l'enfance. Il s'agit alors de névrose. Si le malade a des dispositions artistiques, il peut transformer ses rêves dans une expression artistique le rattachant, ainsi, à la réalité. Plonger dans les désirs et les blessures passés n'est pas sans conséquences pour le patient et le médecin. Lors des échanges, les affects refoulés remontent à la surface et il est tout à fait normal que des émotions anciennes et inconscientes (attachement ou hostilité) du malade s'arrêtent sur le médecin. Ce phénomène régulièrement constaté s'appelle le transfert.

D'après Freud, il peut exister deux objections possibles aux théories psychanalytiques. La première est que l'on « n'a pas l'habitude de déterminer de façon rigoureuse la vie psychique » (p. 63), la seconde est que l'on ignore comment sont entrainés les processus psychiques inconscients et que l'on craint de mettre en mouvement des forces malsaines dans la conscience. Cette crainte est infondée, nous dit Freud, intervenir pour soulager un malade ne va pas « libérer » des désirs inconscients, beaucoup plus puissants d'ailleurs quand ils sont inconscients que quand ils sont conscients, de la même façon qu'un chirurgien ne va pas s'abstenir d'opérer un malade quand il pense pouvoir le sauver, quitte à en passer par certaines souffrances temporaires.

Une fois mis à jour, que deviennent ces désirs ? Ils peuvent simplement être supprimés par la réflexion ; ils sont ramenés à leur fonction normale et permettent au malade de reprendre le fil d'un développement interrompu ; et l'on peut enfin les sublimer.

L'une des choses importantes à retenir de cette leçon est que nous sommes des animaux avec des instincts

basiques proches de ceux des animaux et qu'il est important de veiller à ne pas priver un instinct de son aliment
naturel. L'homme a besoin de boire et de manger, il
possède également un instinct sexuel dont il convient de
tenir compte.

ÉTUDE DES GRANDES FIGURES ÉVOQUÉES PAR FREUD

JOSEPH BREUER

C'est à lui que l'on doit la méthode cathartique (du grec *catharsis* qui signifie purification), consistant à amener le patient à extérioriser les évènements refoulés à l'origine des troubles. Né à Vienne en janvier 1842 et mort dans la même ville en juin 1925, Josef Breuer était déjà un savant établi et un médecin reconnu avant d'entrer en contact avec le tout jeune Freud avec lequel il travaillera sur la théorie des névroses. Étudiant brillant, il est très intéressé par la philosophie (tout particulièrement l'épistémologie) et, parallèlement à sa pratique de médecin de ville, mène des travaux de recherche au sein de l'Institut de physiologie. Il fera au cours des décennies 1870 et 1880 des conférences sur divers sujets de médecine interne et publiera un article dans lequel il pose la relation entre l'ouïe et l'équilibre.

Breuer entreprend de soigner Anna O. (de son vrai nom Bertha Pappenheim) à partir de 1880. Il la fait parler (et c'est elle qui invente à la fois les termes de cure par la parole, « *talking cure* », mais aussi de « ramonage de cheminée ») en s'aidant parfois de l'hypnose : il pratique un traitement cathartique exigeant de plonger le malade dans une profonde hypnose. Celle-ci lui permet alors de se rappeler les évènements pathogènes qui lui échappent à l'état conscient. Si cette cure, dont Breuer parle très rapidement à Freud, est devenue l'un des cas les plus célèbres de la psychanalyse, il semble que son impact positif ait été exagéré par Breuer et Freud et fait l'objet de polémiques dès les années 1900. En effet, Breuer n'a pas guéri Anna O. dont les symptômes ont perduré après la cure et, en outre, ils ont été tous deux victimes du fameux transfert entre le malade et le médecin. Alors que Breuer décide de mettre un terme au traitement de sa patiente, Anna O. développe le soir même des symptômes de grossesse hystérique et d'accouchement. Breuer accourt et tente de l'apaiser par l'hypnose, sans succès. Ce comportement l'effraie et il abandonne Anna O. dès le lendemain. Freud va tirer les leçons de ces dangers et donnera à la cure psychanalytique de solides remparts contre les écueils potentiels du transfert qui ont complètement échappé à Breuer.

En 1895, Breuer publie avec Freud les *Études sur l'hystérie*, où l'on voit progressivement le traitement de l'hystérie se dégager de l'hypnose au profit du seul recours au langage et à la parole. Le livre est mal accueilli dans les milieux médicaux, ce qui décourage passablement Breuer. De plus, Breuer, comme Jung plus tard, résiste à l'idée freudienne que la sexualité est à l'origine de tous les troubles névrotiques. Les désaccords se creusent, les tensions apparaissent : Freud et Breuer s'éloignent l'un de l'autre au bout d'une longue et riche collaboration.

JEAN-MARTIN CHARCOT

Neurologue né à Paris en novembre 1825, il est celui qui découvre la maladie neurodégénérative qui porte son nom. Il est responsable du secteur des hystériques et des épileptiques de l'hôpital de la Salpêtrière, à Paris.

Ses travaux tournent autour de trois grands domaines d'études : la médecine interne, les maladies du système nerveux central et périphérique, et l'hystérie et l'hypnose. Il va réhabiliter l'hypnose comme sujet d'étude scientifique et s'en servir à des fins thérapeutiques. En effet, l'usage de l'hypnose lui permet de démontrer que les paralysies hystériques ne sont pas déterminées par une lésion organique, mais par une « lésion dynamique fonctionnelle » selon ses termes. Il publie un ouvrage qui en fait le chef de file de l'École de la Salpêtrière. Il y décrit notamment les quatre états du « grand hypnotisme » des malades hystériques : tout d'abord la léthargie, puis la catalepsie, le somnambulisme et enfin, au réveil, l'oubli complet de ce qui s'est passé pour les malades. Ce travail de Charcot permet également de réhabiliter les hystériques, souvent perçus comme des simulateurs, et permet de montrer que l'hystérie n'est pas propre aux femmes, des hommes en souffrent aussi.

Dans certaines de ses leçons, Charcot relie les symptômes hystériques à un choc traumatique provoquant une dissociation de la conscience, posant les bases de la théorie « traumatico-dissociative » qui sera développée par Pierre Janet, Breuer et Freud. Charcot décède d'un œdème pulmonaire en aout 1893 ; des obsèques nationales lui sont organisées.

CARL-GUSTAV JUNG

Jung nait en Suisse en 1875 et entame des études de médecine à Bâle en 1905. Passionné par les sciences naturelles depuis l'enfance, il est aussi très intrigué par les phénomènes de l'esprit et consacre sa thèse de doctorat au spiritisme. Baigné dans la religion – il est fils de pasteur –, il est également très attaché aux faits. Ce mélange d'observation et de spiritualité l'entraine vers la psychiatrie. En 1903, il épouse Emma Rauschenbach avec laquelle il aura cinq enfants. En avril 1906, fasciné par les écrits de Freud, son ainé de 19 ans, il entame une correspondance avec lui en lui envoyant ses *Études diagnostiques d'associations* ; il le rencontrera pour la première fois à Vienne en 1907. C'est un coup de foudre professionnel et intellectuel réciproque basé sur la passion commune de la psychologie : ils entameront une collaboration fructueuse de sept ans, qui se terminera par une rupture dans les années 1912-1913, occasionnée par leurs nombreuses oppositions. Les deux hommes sont en réalité très différents : Freud est matérialiste alors que Jung est spiritualiste. Pour Freud, la libido est liée à la sexualité et l'inconscient est le lieu de tous les refoulements sexuels, il voit donc la religion (toutes les religions) comme une invention de l'homme destinée à maitriser sa peur de la mort et du désir sexuel. Pour Jung, la libido possède une dimension spirituelle, et les religions sont issues du désir qu'a l'homme de se dépasser et de s'élever. Freud est monogame, Jung est un polyamoureux assumé. Par la suite, Jung tiendra des propos antisémites qui lui vaudront des critiques virulentes. Mais ces propos, étrangement contradictoires avec sa façon de vivre (il a soutenu Freud, qui était juif, pendant des années, s'est entouré de collaborateurs juifs, s'est impliqué personnellement et publiquement pour aider des intellectuels juifs), pourraient, peut-être, être issus du profond ressentiment dû à sa rupture d'avec Freud ; il fera d'ailleurs une dépression en 1913.

La pensée de Jung est très moderne, il a théorisé et inventé de nombreux concepts, dont :

- *L'inconscient collectif et les archétypes* : à côté de l'inconscient personnel, il y a dans l'inconscient des hommes des éléments issus de mémoires ancestrales, de symboles universels, un *inconscient collectif* donc, qui ne lui appartiennent pas. Il appelle ces énergies universelles des *archétypes* qui vont prendre, selon les cultures des uns et des autres, des formes différentes, mais que l'on retrouve partout (le dragon, la sorcière, le vieux sage, etc.) ;

- *La théorie des synchronicités* : Jung estime que ces coïncidences troublantes auxquelles on assiste parfois expriment deux évènements (physique et psychique) liés entre eux par le sens.

Après l'écriture de nombreux ouvrages (dont une expérience de passage vers la mort suite à un infarctus), Jung meurt en Suisse en 1961. En 2009 est publié le *Livre rouge*, texte écrit et illustré par lui-même dans lequel il raconte ses rêves et fantasmes depuis la rupture avec Freud jusqu'en 1930.

HIPPOLYTE BERNHEIM

Né à Mulhouse en avril 1840, ce professeur de médecine et neurologue français commence sa carrière en tant que médecin et maitre de conférences à l'université de Strasbourg avant de lui préférer l'université de Nancy lors de l'annexion de Strasbourg par l'Allemagne en 1871. Il est le principal adversaire de Jean-Martin Charcot concernant ses vues sur l'hypnose. Si ce dernier voit en l'hypnose un état pathologique propre aux hystériques, Bernheim introduit le concept de suggestion et considère que l'on ne peut pas séparer l'hypnose de la suggestibilité. Le médecin pratiquant l'hypnose serait responsable d'un phénomène de suggestion qui serait accepté par le malade, hypothèse qu'il a prouvée en induisant de faux souvenirs dans l'esprit de l'une de ses patientes, comme il le raconte dans son livre *De la suggestion dans l'état hypnotique et dans l'état de veille*, que Freud traduira en allemand. Il est également celui qui théorise l'effet placébo.

L'École de Nancy (opposée à celle de la Salpêtrière), dont il est le fondateur, aura une influence d'ampleur internationale dans les années 1890.

Bernheim connait cependant une gloire limitée dans le temps ; considéré comme l'un des plus grands psychothérapeutes d'Europe en 1900, il tombe dans l'oubli dix ans plus tard. Il meurt à Paris en février 1919.

CLÉS DE LECTURE

LA PSYCHANALYSE : UNE REMISE EN QUESTION INTELLECTUELLE ET SOCIALE

Depuis Vienne, berceau de la psychanalyse, la discipline va progressivement essaimer à travers le monde, s'étendre à d'autres pays européens (l'Allemagne, la Hongrie, la Suisse, la France et la Grande-Bretagne), gagner l'Amérique du Nord et s'installer durablement en Amérique du Sud (notamment en Argentine qui est aujourd'hui, avec la France, le deuxième pays qui pratique le plus la psychanalyse).

Il est évident que l'invention de la psychanalyse a représenté une évolution majeure, voire une déflagration dans la pensée et les traditions sociales. « Il semble que les évènements sont plus vastes que le moment où ils ont lieu et ne peuvent y tenir tout entiers », a écrit Marcel Proust, ce constat s'applique tout à fait à l'invention freudienne. La psychanalyse semble avoir partie liée avec l'histoire, on pourrait le penser d'autant plus que d'éminents représentants de la psychanalyse n'ont pas hésité à investir l'histoire et les grands évènements sociaux d'hier et d'aujourd'hui en formulant sous leurs habits de psychanalystes des opinions politiques. Mais à voir la psychanalyse s'installer ainsi dans l'espace public, la question se pose sur la légitimité de ces interventions, d'autant plus que la majeure partie du temps, les arguments consistent en des constructions théoriques (surmoi, castration, Œdipe, etc.) qui semblent figées dans un cadre – que Freud n'hésitait pas à remanier ou à remettre en cause – et que ces représentants semblent outrepasser quelque peu leur domaine de compétences...

Dans *L'insaisissable histoire de la psychanalyse*, Sabine Prokhoris souhaite amener la discipline à une histoire critique ; la psychanalyse est par essence obligée de transformer son cadre théorique, de s'adapter et d'interroger son histoire. Elle ne saurait être coincée dans des dogmes définitifs. Par la multitude d'expériences individuelles et anonymes, par l'impact que cette pratique a sur des milliers de patients de par le monde, la psychanalyse fait histoire : elle « opère, relativement à ce que nous sommes singulièrement et collectivement, comme une matrice d'effets qui se diffusent dans le monde partagé ». Or, les incidences de ce partage de la psychanalyse, dont on peut penser qu'il a modifié le rapport des analysés à eux-mêmes et au monde, sont certainement innombrables et incalculables, mais modifient à coup sûr les contours du vivre ensemble. La parole, qui est au cœur de la pratique psychanalytique, a permis de faire vaciller des repères que l'on croyait immuables, suscitant des résistances aussi bien auprès des personnes que des spécialistes, qu'ils soient médecins ou psychanalystes. Sabine Prokhoris ne s'attarde pas sur l'histoire « officielle » (autrement dit admirative) de la psychanalyse qui, du reste, continue de soulever des passions contraires comme en témoigne la parution en 2005 du *Livre noir de la psychanalyse* – portrait à charge de Freud et de ses témoignages mensongers, de ses approximations, de ses échecs, etc., tout ceci ayant déjà été dénoncé du vivant de Freud – et des très nombreuses ré-actions enflammées suscitées par ce livre. Elle s'attache à la parole des individus qui ont connu la psychanalyse et dont la fréquentation a façonné un nouveau regard sur le monde et à cette règle fondamentale énoncée par Freud : l'expérience de l'égalité entre le psychanalyste et le patient, entre l'écoute neutre et bienveillante de l'analyste, et la parole libre – à cette seule condition – du patient. Cette écoute doit, pour elle, suivre les évolutions du temps et des individus, condition à laquelle la psychanalyse pourra aider à réélaborer les vies, et les patients à en parler toujours librement.

LES SOUBRESAUTS DE L'HISTOIRE

Si la psychanalyse, telle que la voyait Freud, est certes une science naturelle, elle est également le révélateur de divers symptômes sociaux dont la majorité était liée à l'époque, comprimés par le poids des traditions et de la religion, et d'un certain mode de pensée. Freud la souhaitait nettement séparée du champ politique, mais lui-même en a emprunté le chemin à plusieurs reprises avec la volonté de l'apporter auprès des plus démunis. Aujourd'hui, comme nous l'avons dit plus haut, les psychanalystes semblent avoir remplacé les « chiens de garde » du versant réactionnaire : les mouvements sociaux sont réduits à de simples équations psychanaly-tiques, l'histoire parait dénigrée.

Contre cette tendance qui fige la psychanalyse elle-même en objet intouchable, Florent Gabarron-Garcia, dans son *Histoire populaire de la psychanalyse*, réhabilite les acteurs et actrices de l'histoire populaire de la psychanalyse qui ont soutenu et accompagné les évènements révolutionnaires de leur époque en cherchant à installer une clinique pour tous. Comme le souligne Florent Gabarron-Garcia, « le divan est essentiellement le lieu d'une contestation et d'une prise de parole, et l'une comme l'autre furent d'abord celles des femmes. L'invention par Freud de la *talking cure* trouve son point de départ dans la protestation de ses patientes contre l'ordre médical – très largement masculin – qui ne les écoutait pas. Épilepsie, paralysie des membres, hystérie ne trouvaient pas leur cause dans l'étiologie organique. Comment ignorer que la flambée des symptômes dont elles souffraient, comme l'inhibition à penser dont elles étaient frappées, était liée à la domination sociale qu'elles subissaient et à la répression dont elles faisaient l'objet dès leur enfance, comme le soutint Freud ? ». Gabarron-Garcia souligne que le même phénomène s'est produit à l'issue de la guerre d'Algérie ; des psychanalystes ont reçu nombre d'anciens colonisés souffrant de déformations de la colonne vertébrale ou de symptômes d'ulcère. La psychanalyse est un moyen pour toute personne de reprendre en main son destin, de sortir d'une position minorée et d'accepter son désir : une promesse de liberté. C'est en partie ce qui a expliqué les résistances dont elle fit les frais – et Freud avec – à sa naissance. Freud le dit lui-même, la psychanalyse bouleverse un ordre établi depuis des millénaires, s'attarde à écouter ceux dont l'asservissement n'est plus supportable et donne des clés pour les libérer. Cette *Histoire populaire* alternative permet de remettre en lumière un pan oublié de l'engagement de certains psychanalystes et, encore une fois, de montrer le fort impact de la psychanalyse dans nos vies.

PSYCHANALYSE ET LITTÉRATURE

La littérature, ce miroir social, n'est pas passée à côté de la psychanalyse sans l'évoquer ou l'utiliser, de même que la psychanalyse s'est largement appuyée sur la littérature pour y puiser les illustrations de ses concepts. On pense au surréalisme, défini par André Breton dans son *Manifeste* comme un « automatisme psychique pur », lié à la volonté de faire replonger l'homme dans son intériorité. L'écriture automatique est d'ailleurs une tentative de laisser l'inconscient s'exprimer sans le barrage critique de la conscience, ce programme surréaliste étant largement inspiré des théories freudiennes. On pense également à certains titres de Stephen Zweig (*Amok*), de James Joyce (*Ulysse*, *Finnegan's wake*), de Virginia Woolf ou de William Faulkner (*Tandis que j'agonise*) qui tentent d'illustrer l'inconscient. Mais avant cela, un certain mouvement avait déjà eu lieu en littérature, précédant et anticipant l'arrivée de la psychanalyse : il s'agit de l'évolution du fantastique, dont la vogue perd de sa force au tournant du XXe siècle. Les années 1850 sont celles de l'apothéose des œuvres de Gérard de Nerval, marquées de l'influence des Romantiques allemands qui accordent au rêve et à la rêverie des valeurs fondamentales, et d'œuvres aux couleurs fantastiques et surnaturelles. C'est la vogue du spiritisme, des esprits, de la magie ou de la divination, en un mot de l'occultisme. C'est l'époque où les tables tournent et, par exemple, Théophile Gautier croit fermement à un « extra-monde » qui se manifesterait par le pouvoir étrange de certains objets et par les phénomènes insolites du réel. On peut en citer bien d'autres : Oscar Wilde, Guy de Maupassant, Sheridan Le Fanu, Bram Stocker, Villiers de L'Isle-Adam, Edgar Allan Poe, etc. Ces sciences de l'occultisme dont les manifestations sont extraordinaires et inexpliquées – dont les comportements étranges des hystériques, par exemple – seront exploitées par le fantastique. La société du XIXe siècle s'y intéresse beaucoup et l'occultisme va évoluer parallèlement aux progrès scientifiques. La fin du XIXe siècle connait une forte accélération sur les plans techniques, industriels et médicaux. En 1900, Freud publie ses premiers essais, dont *La science des rêves* dans le domaine psychique, et s'intéresse également beaucoup à la littérature, il a d'ailleurs une culture littéraire immense : outre Sophocle et les mythes antiques, Shakespeare (notamment *Hamlet*) lui inspire des interprétations très psychanalytiques. Il en va de même avec une nouvelle publiée en 1903 par Wilhelm Jensen, *Gradiva*, qui témoigne de ce moment de bascule entre fantastique et savoir scientifique. Cette nouvelle, très proche de la nouvelle de Gautier *Arria Marcella*, écrite en 1852, raconte les déambulations d'un jeune savant à Pompéi, Norbert Hanold, si fasciné par le moulage d'une jeune fille qui marche (la fameuse Gradiva) qu'il se persuade qu'il la voit et lui parle chaque jour dans les ruines de Pompéi. Mais alors que chez Gautier, l'apparition féminine qui éblouit le héros est bien un fantôme, il s'agit chez Jensen de la voisine de Norbert, Zoé, qui est amoureuse de lui alors qu'il ne lui prête aucune attention. Sans le détromper ni abonder dans son sens, elle va progressivement le remettre dans le monde réel, et l'éveiller à l'amour. Cette nouvelle pleine d'humour semble démontrer que le fantastique a assez duré et qu'il est temps de tenir compte des avancées scientifiques. Freud consacre à ce court récit un ouvrage *Le délire et les rêves dans la Gradiva de W. Jensen* dans lequel il voit dans le travail de l'écrivain l'intuition de ce que le travail psychanalytique met au jour.

Le lien joue également dans l'autre sens, car la littérature mobilise l'inconscient de l'écrivain et du lecteur. L'analyse de Bruno Bettelheim, *Psychanalyse des contes de fées*, relit la richesse culturelle et psychique des contes pour enfants à la lumière des connaissances psychanalytiques et en propose une autre lecture. Ces contes, souvent très cruels, sont de véritables manuels d'initiation et d'édification pour les enfants. Que signifie l'escalier que monte la *Belle au bois dormant* ? Et le rouet auquel elle se pique le doigt ? Les affres et les délices de la sexualité. *Les trois petits cochons* montre la supériorité du principe de réalité sur le principe de plaisir. Le Loup du *Petit chaperon rouge*, à l'instar des marâtres et des sorcières, représente le mauvais père (ou la mauvaise mère pour les autres), s'opposant aux bons pères et mères (rois et reines ou fées). Dans le conte de Grimm *Hänsel et Gretel*, les enfants tuent la sorcière qui voulait les manger et s'enfuient, retrouvant leur mère morte, ce qui établit le lien entre la mère et la sorcière.

L'histoire d'Œdipe est l'un des grands mythes antiques et, comme souvent, c'est une histoire tragique. Elle nous est parvenue par Sophocle. Il était une fois un roi nommé Laïos, qui avait épousé une lointaine parente appelée Jocaste et qui régnait sur la ville de Thèbes. Quand l'oracle de Delphes – qui parlait sous l'impulsion d'Apollon, dieu de la Vérité – annonça à Laïos qu'il mourrait de la main de son fils et que ce fils épouserait sa mère, il décida d'abandonner celui-ci à la naissance, les pieds liés, dans une montagne : les bêtes se chargeraient de le faire disparaitre. Les années passèrent et lorsqu'un étranger nommé Œdipe, qui passait pour le fils du roi Polybe, surgit à Thèbes, la ville était aux prises avec un monstre terrifiant, le Sphynx, qui dévorait ceux qui ne parvenaient pas à répondre à ses énigmes. Laïos venait de mourir, tué, pensait-on, par un voleur. Œdipe résolut l'énigme du Sphynx qui se tua. Le peuple de Thèbes, reconnaissant, le prit pour roi et Œdipe épousa Jocaste. Œdipe avait fui Polybe parce que lui aussi avait reçu une prophétie lui indiquant qu'il tuerait son père et épouserait sa mère. Quelques années et péripéties plus tard, la vérité fut enfin connue : Œdipe n'était pas le fils de Polybe, il fut adopté par le roi quand il était bébé, recueilli par un berger qui l'avait lui-même récupéré des mains d'un serviteur de Laïos, incapable de se résoudre à laisser un nouveau-né sans défense sur la montagne.

C'est Œdipe que Laïos avait croisé à la sortie de Thèbes, et parce qu'il l'avait malmené, Œdipe l'avait tué. Laïos mourut sans savoir que la prophétie s'était réalisée. En apprenant ce terrible dénouement, Jocaste se pendit et Œdipe, désespéré, se creva les yeux pour échapper à la honte et la lumière.

PISTES DE RÉFLEXION

QUELQUES QUESTIONS POUR APPROFONDIR SA RÉFLEXION...

- Sur quoi se fondent, selon vous, les résistances du milieu médical à la psychanalyse ?

- En quoi les découvertes de Freud perturbent-elles la société ?

- Que vous inspire l'hypnose ?

- Que dit de la société la croyance selon laquelle seules les femmes étaient atteintes d'hystérie ?

- Quel objectif poursuit Freud, selon vous, en proposant ces conférences ?

- Quelle est la meilleure manière d'accéder à l'inconscient ?

- D'après Freud, le complexe d'Œdipe se dessine à une période de vie bien précise, laquelle ?

- Outre le mythe d'Œdipe, pensez-vous à d'autres mythes qui pourraient illustrer des théories psychanalytiques ?

- Les conférences vous semblent-elles à portée de tous ?

POUR ALLER PLUS LOIN

ÉDITION DE RÉFÉRENCE

- FREUD S., *5 leçons sur la psychanalyse*, Neuilly-sur-Seine, Payot, 1966, édition de 1993.

ÉTUDES DE RÉFÉRENCE

- GODIN C. et SILVAGNI G.-O., *La psychanalyse pour les nuls*, Paris, First éditions, 2012.

- PROKHORIS S., *L'insaisissable histoire de la psychanalyse*, Paris, PUF, 2014.

- GABARRON-GARCIA F., *Histoire populaire de la psycha-nalyse*, Paris, La fabrique éditions, 2021.

- FREUD S., *Le délire et les rêves dans la Gradiva de W. Jensen* (1907), Paris, Gallimard, 1986.

- BETTELHEIM B., *Psychanalyse des contes de fées*, Paris, Robert Laffont, 1976.

- MEYER C. (sous la direction de), *Le livre noir de la psychanalyse*, Paris, Les arènes, 2005.

SOURCES COMPLÉMENTAIRES

- LAKHDARI S., « Hypnose, hystérie, extase : de Charcot à Freud », in *Savoirs et clinique*, Vol. 1 (n° 8), 2007 :

pp. 201-209. URL : www.cairn.info/revue-savoirs-et-cliniques-2007-1-page-201.htm

- MAINGON C., « Le surréalisme en 3 minutes » (2020), in BeauxArts, consulté le 01-02-2022. URL : www.beauxarts.com/encyclo/le-surrealisme-en-3-minutes

- « Frédéric Lenoir nous parle de Jung », in *Psychologies*, n° 428, décembre 2021.

- « Jean-Martin Charcot », in *Wikipédia*, consulté le 01-02-2022. URL : fr.wikipedia.org/wiki/Jean-Martin _ Charcot

Votre avis nous intéresse !
Laissez un commentaire sur le site de votre librairie en ligne
et partagez vos coups de cœur sur les réseaux sociaux !

lePetitLittéraire.fr

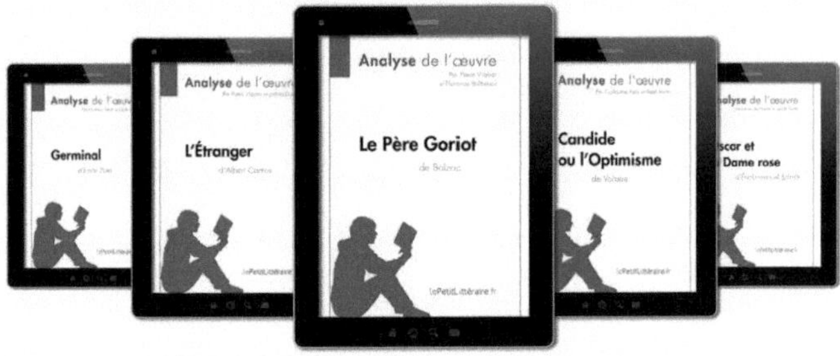

- un résumé complet de l'intrigue ;
- une étude des personnages principaux ;
- une analyse des thématiques principales ;
- une dizaine de pistes de réflexion.

**Retrouvez
notre offre complète sur
lePetitLittéraire.fr**

ISBN version numérique : 9782808026994
ISBN version papier : 9782808027007
Dépôt légal : D/2021/12603/190

Conception numérique : Primento,
le partenaire numérique des éditeurs.